Antigone

ŒUVRES PRINCIPALES

Œdipe roi, Librio n° 30
Ajax
Antigone
Électre
Les Trachiniennes
Œdipe à Colone

Sophocle

Antigone

Texte établi et traduit par J. Bousquet et M. Vacquelin (1897)

Présentation du texte par Elsa Marpeau

Librio

Texte intégral

PRÉFACE

Antigone, c'est l'essence même de la tragédie, du théâtre peut-être. Car la pièce semble révéler tous les conflits insolubles que l'humain porte en lui. Les morts s'y opposent aux vivants, les femmes aux hommes, les jeunes aux vieux, l'amour sororal à l'amitié et à la passion amoureuse, les liens de la famille aux exigences de la patrie.

Dès l'exposition, la tragédie s'ouvre sur une désobéissance. Antigone annonce à sa sœur Ismène qu'elle enterrera leur frère, Polynice, contre les ordres de Créon. Ce dernier, roi de Thèbes, entend en effet le punir de sa trahison envers la cité. Car Polynice, engagé aux côtés de l'ennemi, a combattu l'armée thébaine dans laquelle luttait son propre frère, Étéocle. Tous deux se sont entretués. Mais Antigone refuse de se plier à la loi de la cité, qui veut que Polynice soit privé de sépulture, et prétend respecter les lois non écrites des dieux, en rendant les honneurs funèbres à un proche parent. Lorsque Créon apprend son geste de désobéissance, il la condamne à mort. Enfermée, elle pleure le monde qu'elle va quitter, puis est enterrée vivante. Le chœur, composé de vieillards, implore la clémence du roi. Le devin Tirésias le menace. Rien n'y fait. Lorsque Créon, regrettant son acte, tente de déterrer sa prisonnière, il est trop tard. Antigone s'est pendue dans son tombeau. De douleur, Hémon, fils de Créon et amant d'Antigone, se donne la mort à son tour. Apprenant cette nouvelle, Eurydice, épouse de Créon et mère de Hémon, se suicide, incapable de supporter la perte de son fils.

La pièce de Sophocle pose donc directement la question de la légitimité des lois : faut-il suivre la loi non écrite des dieux ou celle de la cité ? Que faire de la dépouille d'un ennemi d'État ? Faut-il lui offrir une sépulture ou faut-il le considérer, par-delà la mort, comme l'adversaire de Thèbes ? Pour Créon, la réponse est politique et elle est sans appel : même mort, celui qui s'est élevé contre la ville continue de nuire à la cohésion sociale. On ne doit pas, en conséquence, lui rendre les derniers hommages, qui seraient une façon de le réintégrer à la cité. Antigone, quant à elle, s'oppose à la société : au nom de la famille et de la religion, elle défend l'ennemi d'État. Pourtant, la structure même de la tragédie semble lui donner raison : Créon, lorsqu'il est trop tard, regrette son geste ; elle n'a jamais de remords.

Face à ces oppositions, comment se clôt la tragédie ? Par la mort. Celle d'Antigone, d'abord. Antigone doit mourir, car avec elle disparaissent tous les conflits qui viciaient l'air thébain. La femme s'efface devant l'homme, la nièce devant son oncle, la fille du roi déchu devant le roi de Thèbes, le divin devant la raison d'État. Enfin, Antigone meurt pour que s'éteigne avec elle la lignée maudite des Labdacides. Car elle entraîne dans la mort Eurydice et Hémon, et donc la descendance même de Créon, qui semble ne rester vivant que pour déplorer son acte et sa perte. Créon se ralliant *in fine* au choix d'Antigone, la tragédie se clôt sur une réconciliation de principes antagonistes, mais une réconciliation *post mortem*. Finalement, à travers la place que la cité accorde aux morts, c'est le problème des vivants que pose Sophocle. Car le spectacle tragique semble ici mettre en scène ce paradoxe : si la société ne parvient pas à intégrer, à *incorporer* ses morts, alors elle meurt elle-même. Les morts qu'on cherche à oublier reviennent hanter les vivants. En cela, Antigone nous provoque toujours, comme elle provoque Créon. Car elle suscite un débat public sur une mort que la cité ne veut plus voir. Elle lui rend sa dérangeante présence. Ce qu'illustre *Antigone*, c'est une société qui, pour n'avoir pas donné de visibilité à la mort, se tue elle-même.

Antigone, si elle se place du côté des morts, est également une figure du défi et dc la lutte. Elle combat un homme, un aîné, un vivant, un roi. Mais si les deux antagonistes s'affrontent tout au long de la pièce, ne finissent-ils pas par se ressembler ? Car ce qui peut frapper le lecteur c'est peut-être cette similitude secrète, souterraine, des deux personnages. Symétriquement opposés, ils s'affrontent si radicalement que leur duel les isole du monde. Tous deux deviennent sourds à ce qui n'est pas eux. Créon n'écoute aucun conseil. Le chœur, qui tente de le fléchir, puis le devin Tirésias, qui le menace, parlent en vain. Mais Antigone n'est pas plus docile. Elle n'écoute pas, elle n'a jamais écouté que sa volonté inflexible. Sa sœur Ismène ne peut la fléchir, ni son amant, c'est pourquoi ils décideront de l'accompagner. On ne peut pas changer Antigone, on ne peut que suivre sa course vers la mort. Aussi les deux ennemis finissent-ils, dans leur solitude glacée, leur isolement progressif, par n'exister plus que l'un pour l'autre.

Écrite en 441 ou en 442 avant Jésus-Christ, *Antigone* est l'une des sept tragédies qui nous sont parvenues, sur plus de cent vingt pièces de Sophocle (495-406 avant J.-C.). Elle appartient au cycle des pièces thébaines, avec *Œdipe roi* et *Œdipe à Colonne*. Ces dernières

7

représentent le sort tragique d'Œdipe, le roi de Thèbes, et de ses descendants. Dans l'économie du cycle, *Antigone* est la dernière pièce, mais elle a été écrite avant les autres. Pourtant, c'est déjà le poids de la faute d'Œdipe, son père, qui pèse sur les épaules de la fille. Celui-ci a en effet, à son insu, épousé sa mère. Aussi, même si Antigone n'est pour rien dans l'inceste qui lui a donné naissance, ne peut-elle échapper à son hérédité tragique. Car dans la tragédie, la responsabilité du crime n'est pas déterminée par l'intention, et donc par celui seul qui aurait volontairement commis une transgression. La faute est collective, héréditaire ; elle pénètre dans le sang et n'a que faire de la volonté de chaque être particulier. L'être humain est une partie de la famille, de la cité. Il en est, au sens organique du terme, l'un des membres. Aussi ne saurait-on l'envisager dans une culpabilité ou une solitude douloureuse, victime innocente de crimes qu'il n'a pas commis ou qu'il a commis à son corps défendant : par tout ce qui le rattache aux autres, il est porteur de la faute. Toutefois, si le mythe véhicule une conception de la souillure initiale comme contamination de la descendance entière, il n'en va pas de même pour la cité, qui juge ses criminels selon le droit, et considère de fait l'individu comme responsable. Or, cette perspective contradictoire correspond parfaitement aux recommandations d'Aristote, qui conseille aux dramaturges de peindre un personnage ni tout à fait coupable, ni tout à fait innocent (Aristote, *Poétique*, chapitre XIII), afin de rendre possible la *catharsis*, c'est-à-dire la purgation des passions. Car la punition d'un personnage tout à fait bon ne susciterait ni horreur ni pitié, mais indignation, et la punition d'un personnage tout à fait mauvais n'engendrerait que l'indifférence.

Les pièces tragiques sont traditionnellement représentées, dans la Grèce antique, à l'occasion d'une fête à la fois civique et religieuse, les Grandes Dionysies, qui, fin mars, célèbrent le dieu Dionysos. Cette fête comprend un concours de tragédies, un concours de comédies et un concours de dithyrambes (Poème lyrique en l'honneur de Dionysos). Soixante-douze pièces de Sophocle semblent y avoir été couronnées, dont *Ajax* (vers 450 avant J.-C.) ; *Antigone* (441 ou 442 avant J.-C.) ; *Œdipe Roi* (v. 430 avant J.-C.) ; *Electre* (v. 425 avant J.-C.) ; *Œdipe à Colone* (401 avant J.-C., posthume). La première représentation attestée des Dionysies date de 534 avant Jésus-Christ. Elle se déroule à Athènes, sous le tyran Pisistrate.

Le théâtre grec est ainsi conçu comme un spectacle collectif. La cité dans son entier, dit-on, assiste au spectacle. C'est aller toutefois un peu vite, lorsqu'on pense que peut-être les femmes, sans nul doute les esclaves et les métèques, sont exclus. Seuls les « citoyens », ainsi que certains hôtes étrangers, sont conviés au concours qui a pour fonction de renforcer la cohésion sociale et de célébrer les fastes, l'unité d'Athènes.

C'est au cours de ces fêtes civiques que s'élabore le genre tragique. Au départ, la scène ne comportait que deux entités, un chœur et un protagoniste. Eschyle introduit un deuxième acteur, le deutéragoniste ; puis Sophocle un troisième, le tritagoniste. Le chœur, quant à lui, incarne un groupe particulier (femmes, vieillards), qui représente la cité, face à un, deux ou trois personnages. La répartition des parties parlées et des parties chantées suit un schéma fixe. La tragédie s'ouvre généralement sur un prologue parlé, qui amorce la scène d'exposition. Celle-ci se clôt après le *parodos*, le chant marquant l'entrée du chœur. Suivent des scènes parlées, chacune formant un épisode, toujours suivi d'un chant du chœur, nommé *stasimon*. Les scènes finales

9

et le chant de sortie du chœur forment le dénouement ou *exodos*. Se détachent donc, depuis Eschyle (525-456 avant J.-C.), deux entités : le chœur et un personnage. La tragédie est issue de cette scission car c'est grâce à elle que se développe le conflit – essence du tragique – entre les différents protagonistes.

La représentation théâtrale dans la Grèce antique répond à des conventions strictes. Les personnages sont joués par des non professionnels, toujours des hommes. C'est aussi pourquoi, chargés d'incarner des rôles masculins et féminins, ils sont juchés sur des cothurnes, chaussures surélevées qui les font paraître plus grands, et portent un masque. Une longue robe dissimule encore davantage le corps de l'acteur. Il semblerait que celle-ci ait possédé une couleur codifiée. Le roi était ainsi vêtu de pourpre, la reine de blanc. La codification est présente également dans l'espace scénique, scindé en trois. Le premier espace, le plus proche du spectateur, se nomme l'*orchestra*, lieu où danse le chœur. C'est une aire circulaire au centre du théâtre, où se trouve l'autel de Dionysos. Le chœur, qui s'exprime en chantant, possède un représentant, le coryphée – qui chante ou parle. Ses représentants, composés de douze vieillards dans *Antigone*, peuvent aussi danser, dialoguer avec les autres personnages. Les personnages, généralement des héros de la mythologie, évoluent sur le *proskènion*, peut-être séparé de l'orchestre par quelques marches. Enfin, les dieux apparaissent sur la *skènè*, sorte de baraquement en bois possédant une terrasse surélevée. Les spectateurs, quant à eux, s'assoient dans le *théatron*, large demi-cercle de gradins d'abord en bois démontables, puis en pierre. Tous les hommes libres sont présents. C'est donc la cité tout entière, à savoir celle des citoyens (d'où l'exclusion des esclaves, des métèques, et peut-être des femmes) – et donc la ville en tant qu'entité politique –, qui s'offre un spectacle pour célébrer Dionysos.

Les réécritures de la pièce ont généralement tenté d'atténuer le caractère implacable d'Antigone, gommant la troublante symétrie des deux personnages tragiques. Jean Anouilh (1910-1987) a composé son *Antigone* en 1942. Celle-ci, créée le 4 février 1944 au théâtre de l'Atelier à Paris, dans une mise en scène d'André Barsacq, a été publiée en 1946. L'auteur y a dessiné un personnage plus fragile que chez Sophocle. Il a notamment insisté sur certaines particularités physiques d'Antigone, petite et maigre. L'insistance sur sa faiblesse rompt l'opposition, qui faisait d'Antigone et de Créon les deux faces d'une même volonté inébranlable. Antigone devient ainsi un personnage qui choisit le tragique. Quand Créon lui propose le bonheur conjugal avec Hémon, elle refuse l'hypothèse d'une vie médiocre, à laquelle elle préfère la mort. De l'autre côté, Créon persévère dans son choix. Il reçoit calmement les nouvelles de la mort de sa nièce, de son fils, de sa femme. Il affirme vouloir « finir la sale besogne ». Alors que les deux personnages se rejoignaient, chez Sophocle, *in fine* par-delà la mort, les héros de J. Anouilh continuent de s'opposer. Ce dénouement a d'ailleurs engendré de nombreux conflits d'interprétation. Certains affirmaient en effet qu'Antigone, figure de la Résistance, y était valorisée, tandis que d'autres accusaient au contraire J. Anouilh de défendre l'ordre établi en privilégiant Créon.

Jean Cocteau, qui affirme avoir seulement « contracté », c'est-à-dire condensé, l'œuvre de Sophocle a pourtant mis l'accent sur une troisième entité, rompant ainsi la symétrie antique : les dieux. Lorsque Créon reste finalement seul, il accuse ces derniers d'avoir manipulé son destin : « Un dieu me tenait à la gorge, un dieu me poussait dans le dos. » La fragilité des destinées humaines, jeu de volontés malveillantes, est ainsi exhibée. Cette interprétation ajoute un personnage là où la tragédie sophocléenne privilégiait le défi de deux volontés opposées.

Si la dimension de conflit humain est privilégiée par Berthold Brecht dans son *Antigone* (1948), en revanche la symétrie proprement tragique des deux personnages est refusée. Car le dramaturge allemand fait du personnage féminin le porte-parole de la Résistance. La pièce correspond en effet au retour d'exil de B. Brecht. Il s'agit pour lui de réfléchir au nazisme, à ses causes et aux moyens de le détruire. Antigone symbolise pour lui le refus de la tyrannie, incarnée par Créon, de la lâcheté, figurée par le chœur des Anciens. À l'inverse de la version de J. Cocteau, le poids du destin est laissé dans l'ombre pour souligner la dimension politique, humaine, collective de la tragédie.

Henry Bauchau (né en 1913), quant à lui, dévie également la structure symétrique où Antigone et Créon finissent par se réfléchir l'un l'autre. Dans son roman *Antigone* (1997), il privilégie en effet l'avant de la tragédie sophocléenne. Car Antigone, qui vient d'accompagner son père aveugle jusqu'à sa dernière demeure, tente d'empêcher le combat fratricide entre Étéocle et Polynice. Elle cherche à les réconcilier et finalement échoue. H. Bauchau a fait de la jeune femme une figure plus humaine que l'héroïne inflexible de Sophocle. Au choix de la mort, il a opposé celui de la vie. Ainsi Antigone affirme-t-elle qu'elle « ne connai[t] rien de plus beau, [elle] ne connai[t] rien d'autre que vivre. »

Les successives réécritures d'*Antigone* témoignent de la vivacité d'un mythe aux facettes multiples, essence du tragique et d'un destin implacable pour certains, pour d'autres théâtre politique, actualisé et relu notamment à la lumière du fascisme, pour d'autres encore tragédie humaine de « la plus noble figure qui soit apparue sur la terre » (Hegel). Pour tous, de l'héroïne implacable de Sophocle à la femme plus humaine d'Henry Bauchau, une certaine idée de la résistance. Car Antigone, si elle se tourne vers le royaume des morts, prête déjà à y descendre, n'en reste pas moins une figure dressée contre l'obscurité. Celle qui guide jusqu'à la fin son père aveugle lance un défi, décliné selon les réécritures, aux forces du destin, à celles de la tyrannie politique, à Créon, l'éternel ennemi – son semblable, son frère.

Elsa MARPEAU

PERSONNAGES

ANTIGONE, *fille d'Œdipe, sœur de Polynice.*
ISMÈNE, *sœur d'Antigone.*
LE CHORYPHÉE.
CRÉON, *roi de Thèbes.*
HÉMON, *fils de Créon.*
TIRÉSIAS, *devin.*
EURYDICE, *épouse de Créon.*
Un messager.
Un second messager.
Un garde.

Chœur de vieillards thébains. – Gens du palais, serviteurs, gardes.

PROLOGUE

La scène est à Thèbes devant le palais de Créon.

ANTIGONE

Compagne de ma destinée. Ismène, ma sœur, de tous les maux que nous avons hérités d'Œdipe, en sais-tu un seul que Zeus veuille épargner à notre vie ? Non, il n'est point de douleur, point de malheur, point de honte ni d'ignominie que je ne voie au nombre de tes maux et des miens. Et maintenant, quel est encore ce nouveau décret que dans la cité populeuse, le roi, dit-on, a fait publier tout récemment ? Le sais-tu ? as-tu appris quelque chose ? ou bien ignores-tu les maux qu'à nos amis préparent nos ennemis ?

ISMÈNE

Moi, chère Antigone ? Mais, aucune nouvelle de nos amis ni agréable ni douloureuse ne m'est parvenue, depuis que nous avons toutes deux été privées de nos deux frères, tués hélas ! en un seul jour et l'un par l'autre. Et depuis le départ de l'armée argienne, cette nuit même, je n'ai rien appris qui doive ou ajouter à mon bonheur ou à mes maux.

ANTIGONE

Je le savais bien ; et voilà pourquoi hors des portes du palais je t'ai fait sortir, afin que seule tu m'entendes.

ISMÈNE

Qu'y a-t-il ? Tu me parais rouler dans ton esprit quelque projet.

ANTIGONE

Eh quoi ! au sujet de la sépulture de nos deux frères, Créon n'a-t-il pas honoré l'un d'un tombeau et refusé à l'autre cet honneur ? Étéocle, dit-on, a été justement enseveli et honoré chez les morts ; quant à l'infortuné Polynice, mort misérablement, tous les citoyens, paraît-il, ont reçu la défense de l'ensevelir ni de le pleurer ; on le laisse sans larmes, sans tombeau et la proie des oiseaux. C'est là, dit-on, ce que le bienveillant Créon nous veut, à toi et à moi, oui vraiment à moi aussi, nous veut imposer. Il doit venir ici le déclarer hautement à ceux qui l'ignorent ; l'affaire est d'importance à ses yeux, et quiconque essaierait d'agir sera lapidé par le peuple de Thèbes. Tel est l'état des choses ; à toi bientôt de montrer si tu es de noble race, ou si tu démens ta naissance.

ISMÈNE

Mais, malheureuse, si les choses en sont là, quelque parti que je prenne, que gagnerais-je ?

ANTIGONE

Vois si tu veux prendre part à mon entreprise et m'aider.

ISMÈNE

Quelle entreprise ? quels sont donc tes projets ?

ANTIGONE

Veux-tu avec moi enlever le cadavre ?

ISMÈNE

Est-ce que vraiment tu songes à l'ensevelir, malgré la défense publique ?

ANTIGONE

Oui, je l'ensevelirai, lui, mon frère et le tien, même si tu t'y refuses.

ISMÈNE

Malheureuse ! après que Créon l'a défendu.

ANTIGONE

Mais il n'a pas le droit de m'ôter ce qui m'appartient.

ISMÈNE

Hélas ! songe, ô ma sœur, à notre père mort dans la honte et l'opprobre ! Après avoir lui-même découvert ses crimes, il se creva les deux yeux de sa propre main. Et puis sa mère et son épouse, double titre, par un funeste lacet termine honteusement sa vie. Enfin nos deux frères, le même jour, s'égorgent mutuellement, et, malheureux, achèvent l'un par l'autre leur commune destinée.

Et nous, nous restons seules. Vois donc combien notre mort sera plus misérable, si malgré la loi nous enfreignons les ordres et le pouvoir de nos maîtres. Il ne faut pas oublier aussi que nous sommes femmes et ne pouvons lutter contre des hommes. Et puis, nous recevons les ordres de plus puissants que nous ; il faut nous y soumettre et même à de plus durs. Pour moi donc, je prie les mânes de me pardonner, car je souffre violence ; mais j'obéirai à ceux qui sont au pouvoir. Essayer plus qu'on ne peut, c'est folie.

ANTIGONE

Je ne te demande plus rien ; non, même si tu le voulais maintenant, tu ne me ferais pas plaisir en m'aidant. Sois donc ce qu'il te plaît ; moi je l'ensevelirai. Il me sera beau de mourir dans cette action. Moi, sa sœur, je reposerai près de lui, la sœur près du frère, et devenue saintement criminelle. Car le temps est plus long où je dois plaire aux habitants des enfers plutôt qu'aux hommes. Là, en effet, je reposerai éternellement. Toi, si tu le veux, méprise ce que les dieux honorent.

ISMÈNE

Non, je ne le méprise point, mais agir contre la volonté de mes concitoyens, j'en suis incapable.

ANTIGONE

Tu peux invoquer ces prétextes ; pour moi, je vais à l'instant recouvrir le cadavre d'un frère aimé.

ISMÈNE

Ah ! malheureuse ; que je tremble pour toi !

ANTIGONE

Non, ne crains pas pour moi ; songe à ta propre sûreté.

ISMÈNE

Mais du moins ne révèle à personne ton projet ; cache-toi pour ensevelir le corps ; je garderai moi aussi le silence.

ANTIGONE

Grands dieux ! parle ; tu me seras bien plus odieuse par ton silence et en ne proclamant pas à tous mes actions.

ISMÈNE

Ton âme est bien ardente où il faudrait du sang-froid.

ANTIGONE

Du moins j'ai conscience de plaire à ceux surtout que je dois satisfaire.

ISMÈNE

Encore faut-il que tu réussisses ; et c'est l'impossible que tu poursuis.

ANTIGONE

Eh bien ! quand je serai à bout de forces, alors je m'arrêterai.

ISMÈNE

Avant tout, il ne faut pas s'obstiner à l'impossible.

ANTIGONE

Si tu parles ainsi, tu mériteras ma haine à moi, et tu seras encore justement haïe de notre mort. Allons, laisse-moi, laisse ma folie s'exposer à ces périls ; les supplices du moins ne m'empêcheront pas de mourir glorieusement.

ISMÈNE

Eh bien, va, si tu l'as résolu : ta démarche est sans doute insensée, mais tu aimes vraiment tes amis.

PARODOS

Entrée du chœur. – Le chœur est composé de vieillards thébains.

LE CHŒUR

Strophe 1

Œil du jour, flamboyante aurore,
Ô le plus éclatant soleil
Que Thèbes ait vu rire encore,
Splendeur d'un matin sans pareil !
Tu parais, dorant l'eau limpide,
Et tu fais s'enfuir plus rapide
L'Argien au bouclier blanc,
Qui, moins superbe que naguère
Quand il vint nous criant la guerre,
Presse en vain son cheval tremblant !
Hautain, hier ; aujourd'hui misérable,
Enfin il part, et nous ne verrons plus
Devant nos murs une armée innombrable
Se hérisser de casques chevelus.

Antistrophe 1

Elle fuit, la terrible armée,
Et disparaît avec la nuit ;
Elle qui de rage enflammée
Devait nous détruire, elle fuit !
Sans avoir, dans ses fureurs vaines,
Pu boire le sang de nos veines,
Ni brûler une de nos tours.
L'invincible Arès la talonne
Comme une trombe où tourbillonne
Un vol effaré de vautours.
Zeus n'aime pas les têtes trop altières,
Et son tonnerre a frappé sur le seuil
Ceux qui déjà débordaient nos barrières,
Dans un torrent d'or, de bruit et d'orgueil.

Strophe 2

Vaincus, brisés par la céleste foudre,
Combien de ceux qui gisent dans la poudre
Sont châtiés de la témérité
Qui déclarait notre perte certaine !
Toujours le mal est suivi de la peine ;
Arès leur a sur la sanglante arène
Donné le lit qu'ils avaient mérité.

Antistrophe 2

Mais effaçons ces images funèbres ;
Dans la cité dont les chars sont célèbres
Rit la victoire aux beaux yeux. Haut les cœurs !
Oublions tous la lutte meurtrière,
Et tout le jour et la nuit tout entière
Chantons, dansons, et qu'à notre prière,
Bacchus descende et dirige nos chœurs.
Je vois venir vers nous le fils de Ménécée,
Créon, le nouveau roi de Thèbes. Sa pensée
Roule un grave dessein où nous aurons nos parts.
Il faut que d'un danger il ait eu le présage
Pour avoir convoqué d'un si pressant message
Le conseil des vieillards.

PREMIER ÉPISODE

CRÉON

Citoyens, les dieux, après avoir bouleversé notre patrie par une longue tempête, lui ont enfin rendu le calme. Je vous ai convoqués entre tous et priés de venir, car je sais que vous avez toujours respecté le trône puissant de Laïos. Je sais aussi que pendant le règne d'Œdipe et après sa mort, vous avez gardé à ses fils des sentiments fidèles. Et maintenant qu'ils sont morts, terminant en un jour leur double destinée, auteurs et victimes à la fois d'un criminel fratricide, c'est moi qui possède la puissance et le trône comme plus proche parent des défunts.

Il est bien difficile de connaître d'un homme l'âme et la pensée et l'opinion, avant de l'avoir vu dans l'exercice du pouvoir et de l'autorité. Pour moi, quiconque gouvernant un État ne suit pas l'avis des meilleurs, mais ferme les bouches par la crainte, est le pire des tyrans : tel est et tel a toujours été mon avis. Et qui préfère un ami à sa propre patrie, je le méprise. Oui, moi, que Zeus qui voit tout m'en soit témoin, je ne saurais me taire en voyant le malheur menacer mes concitoyens ; ni je ne voudrais jamais prendre pour ami l'ennemi de l'État. Car je sais que c'est l'État qui assure notre salut, et tant que son sort est prospère nous avons assez d'amis.

Voilà par quels principes, cette ville je la ferai grande ; et conformément à ces principes j'ai proclamé à tous ma volonté sur les enfants d'Œdipe : Étéocle est mort en combattant pour ce pays après des prodiges de vaillance, qu'on l'ensevelisse et qu'on offre pour lui les sacrifices destinés aux meilleurs d'entre les morts. Quant à son frère, c'est Polynice que je veux dire, revenu d'exil pour renverser et livrer aux flammes sa patrie et les dieux, avide du sang des siens, brûlant de les réduire en esclavage, je fais défendre publiquement à cette ville de l'ensevelir ni de le pleurer ; qu'on laisse son corps sans sépulture, proie des oiseaux et des chiens, spectacle hideux à contempler. Telle est ma volonté ; jamais de moi les méchants n'obtiendront l'honneur dû aux justes ; mais qui aime cette ville, mort et vivant, il obtiendra de moi un égal honneur.

LE CHŒUR

Il te plaît, ô Créon, fils de Ménécée, de traiter ainsi l'ennemi et l'ami de la ville ; à toi le droit de porter toute loi que tu voudras et sur les morts et sur les vivants.

CRÉON

C'est bien. Ayez donc soin de faire respecter mes ordres.

LE CHŒUR

Qu'un plus jeune reçoive ce fardeau.

CRÉON

Oh ! des gardiens sont postés près du cadavre.

LE CHŒUR

Alors que nous ordonnes-tu de plus ?

CRÉON

De ne point favoriser ceux qui refuseraient d'obéir.

LE CHŒUR

Personne n'est assez fou pour aimer la mort.

CRÉON

Et ce serait la récompense ! mais l'espoir du gain a souvent perdu les mortels.

LE GARDE

Ô Roi, je ne peux pas dire que l'empressement m'a mis hors d'haleine, ni que j'ai couru d'un pied léger ; une grande hésitation au contraire m'a fréquemment arrêté, et, sur la route, j'ai été souvent tenté de faire volte-face. Mon esprit en effet, tout plein de mille pensées, me disait : « Malheureux ! pourquoi aller là où ta venue te fera punir ? Infortuné ! demeureras-tu au contraire ? Mais si Créon apprend de quelque autre ce qui s'est passé, cela te fera-t-il échapper au châtiment ? » C'est en ruminant ces pensées que j'ai achevé mon chemin lentement et à loisir ; si bien qu'un court trajet est devenu long. Enfin pourtant le parti de venir ici l'a emporté. Ce que j'ai à t'apprendre est peu de chose ; je vais pourtant le dire ; car je suis venu me cramponnant à l'espoir que je ne souffrirai rien que ce que le destin a réglé.

CRÉON

Qu'est-il donc arrivé qui te cause un tel abattement ?

LE GARDE

Je veux dire d'abord ce qui me concerne ; car pour l'affaire ce n'est point moi qui l'ai faite, et je n'en sais point l'auteur. Il ne serait pas juste que je fusse puni.

CRÉON

À quoi bon tout ce préambule ; et pourquoi envelopper ainsi ton histoire ? Assurément tu vas nous apprendre du nouveau.

LE GARDE

C'est que le danger inspire beaucoup d'hésitation.

CRÉON

Enfin parleras-tu ? dis ton affaire et va-t'en.

LE GARDE

Eh bien ! je vais parler. Le mort a été tout récemment enseveli ; on est venu, et sur le corps on a répandu de la poussière sèche et accompli les cérémonies accoutumées.

CRÉON

Que dis-tu ? Qui jamais a eu cette audace ?

LE GARDE

Je ne sais. On ne voyait là ni coup de bêche ni mottes de terre rejetées par le hoyau ; le sol était ferme, bien uni, intact et sans aucune trace de roues de char ; impossible de reconnaître l'auteur. Dès que le premier garde du jour nous eut avertis, ce fut pour tous un prodige funeste. Le corps en effet était caché sans être renfermé dans une tombe ; par-dessus on avait jeté une légère couche de poussière, comme pour éviter le crime de sacrilège. Aucunes traces ni de bête féroce ni de chien qui fût venu le déchirer.

Des murmures malveillants éclatèrent parmi nous, chaque gardien accusant l'autre ; nous allions à la fin en venir aux coups, et personne n'était là pour nous en empêcher. Un chacun en effet était pour son voisin l'auteur du délit, aucun pourtant clairement coupable, et chacun se défendait de rien savoir. Nous nous déclarions prêts à prendre dans nos mains des charbons ardents, à passer à travers la flamme, à attester les dieux que nous n'avions point fait la chose, que nous n'étions point complices de celui qui l'avait méditée et accomplie.

Enfin comme nos recherches n'aboutissaient à rien, quelqu'un ouvre un avis qui de crainte nous fit à tous baisser les yeux à terre. Nous n'avions rien en effet à dire contre ni rien de mieux à faire. Voici ce qu'on proposait : il fallait te dire l'affaire et ne la point cacher. Cet avis prévalut, et c'est moi, infortuné ! que le sort a condamné à se charger de cette belle commission. Me voilà donc, contre mon gré et contre le vôtre aussi sans doute : on n'aime pas, je le sais, un messager de mauvaises nouvelles.

LE CHŒUR

Roi, ce fait, à ce qu'il me semble, ne serait-il point l'œuvre des dieux ? voilà ce que mon esprit se demande depuis quelques instants.

CRÉON

Assez ! et ne mets pas le comble à ma colère par tes paroles. Ne te fais pas juger aussi fou que tu es vieux. Ton langage est insupportable. Comment, les dieux, dis-tu, auraient souci du cadavre ! ils honoreraient comme un bienfaiteur de l'État et enseveliraient cet homme qui venait de brûler leurs temples entourés de portiques, leurs offrandes, leur pays et renverser leurs lois ! ou peut-être vois-tu les dieux honorer les méchants ?

Non, cela n'est point. Mais depuis longtemps déjà des citoyens mécontents de mes ordres murmuraient contre moi ; en secret ils secouent la tête et ne savent pas se plier sous le joug comme ils le doivent ni se soumettre de bon cœur à mes lois. Voilà, je le sais bien, ceux qui par l'appât de l'argent ont amené ces hommes à commettre le crime. Aucune invention humaine n'a jamais produit plus de maux que l'argent. C'est lui qui dévaste les villes mêmes ; c'est lui qui chasse l'homme de sa demeure ; c'est lui qui altère les cœurs honnêtes et leur enseigne à se tourner vers la honte ; il a montré aux hommes toutes les perfidies et leur a enseigné toutes les impiétés.

Mais ceux qui pour un salaire ont accompli ce crime, en seront bientôt punis. Non, aussi vrai que je respecte Zeus, sache bien ceci, et je le dis avec serment : si l'auteur de cet ensevelissement n'est pas découvert et amené sous mes yeux, ce ne sera pas assez pour vous de la mort, mais auparavant suspendus tout vifs vous serez forcés de dénoncer l'auteur de cette insolence. Et vous saurez alors d'où il faudra désormais tirer et prendre vos profits ; vous apprendrez que toute occasion n'est pas bonne de s'enrichir. Les gains honteux, tu le verras, ont perdu plus de gens qu'ils n'en ont sauvés.

LE GARDE

Me permettras-tu d'ajouter un mot ? ou bien retournerai-je à mon poste ?

CRÉON

N'as-tu pas compris encore combien tes paroles m'irritent ?

LE GARDE

Est-ce l'oreille ou le cœur qu'elles mordent ?

CRÉON

Et que t'importe où je souffre !

LE GARDE

Le coupable blesse ton cœur et moi ton oreille.

CRÉON

Ah ! quel terrible bavard tu fais !

LE GARDE

Du moins n'est-ce pas moi qui ai commis le crime.

CRÉON

Et c'est pour de l'argent que tu as exposé ta vie.

LE GARDE

Hélas ! c'est un malheur quand une idée fixe est une idée fausse.

CRÉON

Déroute avec esprit les soupçons ; mais si vous ne me découvrez qui a commis le crime, vous serez forcés d'avouer que les gains honteux portent malheur.

LE GARDE

En vérité, puisse-t-on trouver le coupable ! Mais qu'on le prenne ou non, c'est le hasard qui en décidera. Il n'y a pas de danger que vous me voyiez revenir ici. Et maintenant, sauvé contre tout espoir et toute attente, je dois aux dieux un fameux merci !

PREMIER STASIMON

LE CHŒUR

Strophe 1

L'homme est le grand prodige,
Le bras fort qui dirige,
L'esprit qui sait et peut ;
Il a la terre et l'onde,
Et, dans ses mains, le monde ;
Il en fait ce qu'il veut.

Sa nef victorieuse
Sur la mer furieuse
La met à la raison ;
Sa charrue obstinée,
Oblige chaque année,
La terre à la moisson.

Antistrophe 1

Dans la vaste nature
En vain la créature
Devant son joug a fui ;
Cherchant le bois, la cime,
Le nuage, l'abîme,
Pour s'y cacher de lui ;

Il fend l'air, atteint l'aile,
Prend la bête rebelle
Dans son piège et son art.

Et force à l'esclavage
La cavale sauvage,
Le taureau montagnard.

Strophe 2

Sa parole pressée
Suit au vol la pensée
Dans sa rapidité.
Il fonde la bâtisse
De pierre et de justice
Qu'il nomme la cité.

Sa lutte opiniâtre
Contre l'hiver a l'âtre,
Contre les vents le port,
La science hardie
Contre la maladie ;
Il échoue à la mort.

Antistrophe 2

Mais si ce fier génie
Laisse l'œuvre bénie
Pour le vice fatal ;
Né pour remplir sur terre
La tâche salutaire
Du bien, s'il fait le mal ;

S'il manque à la loi juste
De la patrie auguste,
Méprisons ce vainqueur,
Et, si grand qu'il puisse être,
Bannissons ce vil maître
Du foyer et du cœur !

En croirai-je mes yeux ? Oui, c'est bien Antigone !
Ô malheureuse enfant d'un père malheureux !
Le front tranquille et fier, quoique ton cœur frissonne,
Serais-tu sous le coup de l'édit rigoureux ?
As-tu bravé celui qui jamais ne pardonne ?

SECOND ÉPISODE

LE GARDE

Oui, voilà celle qui a commis le crime. Nous l'avons surprise ensevelissant le corps. Mais où est Créon ?

LE CHŒUR

Le voici ! il sort à propos du palais.

CRÉON

Qu'y a-t-il ? Quel événement rend mon arrivée opportune ?

LE GARDE

Roi, l'homme ne peut jurer de rien, car souvent la réflexion dément la première pensée. J'avais résolu de ne plus reparaître ici, tant les menaces m'avaient bouleversé. Mais un bonheur extraordinaire, inespéré, auquel il n'est rien de comparable me ramène en ces lieux, malgré mes serments. Je conduis cette jeune fille qui a été surprise disposant tout pour la sépulture. Cette fois le sort n'a pas été consulté ; c'est moi qui ai fait cette découverte, moi seul. Maintenant, roi, puisqu'elle est entre tes mains, tu peux à ton gré l'interroger et la convaincre. Pour moi, il est juste que désormais je sois libre et affranchi de tout péril.

CRÉON

Celle que tu amènes, comment et en quel lieu l'as-tu arrêtée ?

LE GARDE

Elle ensevelissait le corps ; tu sais tout.

CRÉON

Comprends-tu bien ce que tu dis ? Parles-tu conformément à la vérité ?

LE GARDE

Je l'ai vue ensevelissant le corps que tu avais défendu d'ensevelir. Est-ce parler clair et net ?

CRÉON

Et comment l'as-tu vue ? Comment l'as-tu prise sur le fait ?

LE GARDE

Voici comment la chose s'est passée. À peine revenus à notre poste, sous le coup de tes terribles menaces, nous avons balayé toute la poussière qui couvrait le cadavre à demi corrompu, et le laissant nu nous nous assîmes sur une hauteur, tournant le dos au vent pour échapper à l'odeur infecte qu'il exhalait. Nous nous tenions mutuellement en éveil par des reproches quand l'un de nous négligeait sa tâche. Cela dura jusqu'au moment où le disque éclatant du soleil s'arrêta au milieu du ciel et l'embrasa de ses feux.

Tout à coup un ouragan, fléau terrible, soulève un nuage de poussière qui couvre toute la plaine et dépouille de leur chevelure les arbres dont elle était ombragée. Le ciel tout entier en est obscurci. Les yeux fermés, nous supportons l'orage déchaîné par les dieux. Lorsqu'enfin il s'est apaisé, nous voyons cette jeune fille qui poussait des cris aigus et lamentables : tel un oiseau qui trouve vide et désert le nid où reposait sa couvée. Elle aussi, à l'aspect du cadavre dépouillé de sa poussière, gémit, se lamente et prononce d'affreuses imprécations contre les auteurs de cet outrage. Aussitôt ses mains répandent sur le cadavre une poussière sèche, et, d'une aiguière brillante qu'elle tient levée, elle verse sur le corps, en forme de couronne, une triple libation.

À cette vue nous volons vers elle ; nous la saisissons à l'instant sans qu'elle marque aucun effroi. Nous l'interrogeons et sur le fait précédent et sur le fait actuel. Elle ne nie rien, et j'en suis à la fois heureux et affligé. Il est doux en effet d'échapper au malheur ; il est pénible d'y pousser ceux qu'on aime. Mais tout cela est naturellement d'une importance moindre que mon salut.

CRÉON

Toi qui inclines ton front vers la terre, déclares-tu avoir fait cette action ou le nies-tu ?

ANTIGONE

Je déclare l'avoir faite et ne le nie point.

CRÉON *(au garde)*

Toi, porte tes pas où tu voudras : tu es quitte de l'accusation qui pesait sur ta tête. *(À Antigone)* Mais toi, réponds sans détours en peu de mots. Connaissais-tu la défense que j'avais fait publier.

ANTIGONE

Je la connaissais. Comment ne pas la connaître ? Elle était publique.

CRÉON

Et pourtant tu as osé transgresser cette loi ?

ANTIGONE

Ce n'était ni Zeus ni la Justice, compagne des dieux infernaux, qui avaient publié une pareille loi. Et je ne pensais pas que les décrets eussent assez de force pour que les lois non écrites, mais immuables, émanées des dieux, dussent céder à un mortel. Car elles ne sont ni d'aujourd'hui, ni d'hier ; elles sont éternelles et personne ne sait quand elles ont pris naissance. Je ne devais donc pas, par crainte de froisser l'orgueil d'un mortel, m'exposer à la vengeance des dieux pour les avoir transgressées. Je savais que je devais mourir (pouvais-je l'ignorer ?), même sans ton arrêt. Mais si je meurs avant le temps, c'est pour moi grand profit, je le déclare. Quand on vit, comme je fais, au milieu des

maux, comment la mort ne serait-elle pas un avantage ?
Aussi le sort qui m'attend ne me cause aucune peine.
Au contraire, si j'avais laissé sans sépulture celui qui
connut les mêmes parents que moi, grande serait mon
affliction. Ce que j'ai fait ne m'en cause aucune. Si donc
ma conduite te paraît insensée, peut-être est-ce un fou
qui me taxe de folie.

LE CHŒUR

À ce caractère farouche on reconnaît la fille du farouche Œdipe. Elle ne sait pas céder au malheur.

CRÉON

Mais sache que ces âmes si opiniâtres s'abattent aisé-
ment. Le fer le plus fort, le mieux durci au feu souvent
se brise et vole en éclats. Un faible frein suffit pour
dompter les plus fougueux coursiers. Tant d'orgueil
sied mal à celui qui est esclave de ceux qui l'entourent.
Elle savait qu'elle m'outrageait en violant les lois établies ; et maintenant, son crime accompli, elle ajoute
un second outrage : elle se vante de son action, elle en
rit. Mais, ou je cesserai d'être homme, ou elle le devien-
dra elle-même, si une telle insolence demeure impunie.
Oui, qu'elle soit fille de ma sœur, qu'elle me touche de
plus près que tous les membres de ma famille, ni elle
ni sa sœur n'échapperont au sort le plus affreux ; car je
soupçonne celle-ci d'être complice du même crime. –
Qu'on l'appelle. Je l'ai vue tout à l'heure dans le palais,
éperdue, hors d'elle-même. Souvent le cœur de celui
qui médite un forfait dans l'ombre se trahit lui-même
avant l'exécution. Mais je hais aussi celui qui, surpris
au milieu du crime, veut ensuite se couvrir de beaux
dehors.

ANTIGONE

Veux-tu quelque chose encore de plus que la mort de ta captive ?

CRÉON

Non, rien ; ta mort mettra le comble à mes désirs.

ANTIGONE

Alors, pourquoi tarder ? Rien dans tes discours ne me plaît ni ne saurait me plaire ; et mes actions n'ont guère dû t'agréer. Cependant, quelle gloire plus brillante pourrais-je obtenir que celle d'avoir donné la sépulture à mon frère ? Tous ceux qui m'écoutent approuveraient mes paroles si la crainte ne paralysait leur langue. Mais un des privilèges de la tyrannie c'est de pouvoir faire et dire ce qui lui plaît.

CRÉON

De tous les enfants de Cadmus tu es la seule à penser ainsi.

ANTIGONE

Ils pensent comme moi, mais ils te craignent et se taisent.

CRÉON

Et toi, tu ne rougis pas de prendre un parti différent ?

ANTIGONE

Il n'y a point de honte à honorer un frère.

CRÉON

N'était-il pas aussi ton frère, celui qui est mort en combattant contre lui ?

ANTIGONE

Oui, fils de la même mère et du même père.

CRÉON

Pourquoi donc cet hommage et ce service qui te rendent impie envers lui ?

ANTIGONE

Ce langage, le mort ne l'approuverait pas.

CRÉON

Mais tu le mets au même rang que l'impie.

ANTIGONE

Polynice n'est pas mort son esclave, mais son frère.

CRÉON

Il ravageait ce pays ; l'autre le défendait.

ANTIGONE

Cependant Hadès désire que les lois soient égales.

CRÉON

Mais la vertu et le crime ne méritent pas le même traitement.

ANTIGONE

Qui sait si ces maximes ont crédit dans les enfers ?

CRÉON

Jamais un ennemi, pas même après sa mort, ne devient un ami.

ANTIGONE

Moi, je suis née pour partager l'amour et non la haine.

CRÉON

Va donc aux enfers ; puisque tu as besoin d'aimer, aime ceux qui les habitent. Moi vivant, une femme ne fera pas ici la loi.

LE CHŒUR

Mais voici sur le seuil du palais Ismène qui fond en larmes, tendre sœur ; un nuage voile son front, altère son visage enflammé ; des pleurs mouillent ses belles joues.

CRÉON

Te voilà, toi qui te glissais perfidement dans ma demeure, comme une vipère, pour t'abreuver de mon sang ! Je ne savais pas que je nourrissais deux fléaux prêts à renverser mon trône. Parle ; diras-tu aussi que tu as pris part à la sépulture ou protesteras-tu de ton ignorance ?

ISMÈNE

Cette action, je l'ai faite, s'il est vrai que ma sœur le déclare également ; j'ai partagé son entreprise, je prends ma part de l'accusation.

ANTIGONE

Non, la justice ne te le permettra pas, car tu as refusé et je n'ai rien fait avec toi.

ISMÈNE

Mais si tu es malheureuse, je ne rougis pas de prendre ma part de tes périls.

ANTIGONE

Hadès et des dieux infernaux connaissent les auteurs de cette action. Je n'aime point une amie qui n'aime qu'en paroles.

ISMÈNE

Ne me juge pas indigne, ma sœur, de mourir avec toi et d'avoir honoré le mort.

45

ANTIGONE

Je ne veux pas que tu meures avec moi, ni que tu te vantes d'avoir été associée à une action à laquelle tu restas étrangère. C'est assez que je meure.

ISMÈNE

Quel charme la vie aura-t-elle pour moi, si je te perds ?

ANTIGONE

Demande à Créon, car tu es son alliée.

ISMÈNE

Pourquoi m'affliger ainsi, sans aucun profit pour toi ?

ANTIGONE

Ce n'est pas assurément sans douleur que je me livre à ces railleries.

ISMÈNE

Et quel autre moyen aurai-je au moins de te servir ?

ANTIGONE

Sauve tes jours : je le verrai sans jalousie.

ISMÈNE

Malheureuse que je suis ! ne pas partager ton destin !

ANTIGONE

Tu as choisi de vivre, moi de mourir.

ISMÈNE

Mais ce n'est pas faute d'avertissements de ma part.

ANTIGONE

Tu paraissais sage à Créon, et moi à Polynice.

ISMÈNE

Cependant la faute est égale entre nous.

ANTIGONE

Rassure-toi, tu vis encore ; moi, je suis morte depuis longtemps et je ne puis être utile qu'aux morts.

CRÉON

Ces deux enfants sont insensées, je l'affirme : l'une l'est devenue depuis peu ; l'autre le fut dès sa naissance.

ISMÈNE

Jamais, ô roi, les malheureux ne conservent la raison qu'ils tiennent de la nature ; elle succombe aux épreuves.

CRÉON

Oui, chez toi du moins, lorsque tu veux partager les malheurs des méchants.

ISMÈNE

Seule et sans elle, comment pourrais-je vivre ?

CRÉON

Ne dis pas *elle*, car elle n'existe plus.

ISMÈNE

Non tu ne feras pas mourir la fiancée de ton fils.

CRÉON

Je ne veux point pour mes fils de femmes perverses.

ANTIGONE

Cher Hémon ! comme ton père t'outrage.

CRÉON

Ah ! c'est trop m'importuner, toi et ton hymen.

ISMÈNE

Veux-tu donc priver ton fils de celle qu'il a choisie ?

CRÉON

C'est Hadès qui brisera cette union.

ISMÈNE

Sa mort est donc arrêtée, à ce qu'il semble.

CRÉON

À mes yeux comme aux tiens. Plus de délais ! Gardes, emmenez-les dans le palais. Désormais il faut les traiter comme des femmes et ne pas les laisser libres ; car les audacieux même prennent la fuite quand ils voient la mort approcher.

SECOND STASIMON

LE CHŒUR

Strophe 1

Heureux celui qu'un Dieu défend !
Mais qu'un Dieu se marque pour proie
Une famille, il la foudroie
Jusque dans son dernier enfant.
Telle, lorsque le vent de Thrace
Soulève les flots qu'il embrasse
En les enveloppant de nuit.
La mer fait monter à leur cime
Jusqu'aux noirs limons de l'abîme
Lancés au rivage à grand bruit.

Antistrophe 1

Ainsi vous a broyés l'orage,
Du malheur fatale moisson,
Labdacides ! triste maison
Sur qui pèse un Dieu d'âge en âge !
Dans le désastre où tout croulait,
Une lumière encore brillait
Que l'ombre n'avait pas atteinte ;
Un peu de terre sur un corps,
Le défi des faibles aux forts,
Et cette lumière est éteinte !

Strophe 2

Zeus, toi seul es le tout-puissant !
Ô maître de nos destinées ;
Ni le sommeil, ni les années
Ne t'effleurent même en passant.
Calme, dans l'Olympe splendide,
L'œil sans repos, le front sans ride.
Tu règnes pour l'éternité,
Laissant ta loi juste et féconde
Régir, immuable, le monde
Et la changeante humanité.

Antistrophe 2

L'homme, lui, n'a que l'espérance.
Guide infidèle, dont la voix
Le mène au bonheur quelquefois,
Mais plus souvent à la souffrance.
Écoutez-la, cette voix d'or ;
Elle vous berce et vous endort
Au bord de l'abîme où l'on tombe ;
Ah ! prenez garde, elle vous rit

Jusqu'à vous égarer l'esprit.
Alors c'est la chute et la tombe !

LE CHŒUR

Viens, Créon. Je vois ton dernier enfant,
Hémon, s'approcher. Quelle est sa pensée ?
Va-t-il, gémissant sur sa fiancée,
Réclamer l'amour que ta loi défend ?

TROISIÈME ÉPISODE

CRÉON

Bientôt nous le saurons mieux que les devins mêmes. – Mon fils, tu as appris la sentence définitive contre ta fiancée ; viens-tu plein de colère contre ton père, ou bien te sommes-nous, quoi que nous fassions, toujours cher ?

HÉMON

Mon père, je suis à toi, tu as les sages pensées, et c'est toi qui diriges mes actions ; je veux obéir à tes ordres et nul hymen ne vaudra pour moi la prospérité de ton règne.

CRÉON

Voilà, mon fils, les sentiments qu'il faut avoir au cœur ; la volonté d'un père doit passer avant tout. Si l'homme en effet se réjouit de voir des enfants soumis sous son toit, c'est pour qu'ils rendent à l'ennemi domestique le mal pour le mal reçu, pour qu'ils honorent l'ami de la famille à l'égard de leur père. Quant à l'homme qui a mis au jour des fils inutiles, que dirat-on de lui, sinon qu'il s'est préparé à lui-même des tourments, et à ses ennemis un grand sujet de risée ? Ne va donc pas, ô mon fils, pour satisfaire ta passion et plaire à une femme, abdiquer la raison. Sache que c'est une amitié bien froide que celle d'une femme perverse vivant sous notre toit. Quelle plaie plus douloureuse en effet que d'aimer un méchant ? Allons rejette cette jeune fille comme une ennemie et laisse-la chercher un époux chez Hadès. Et puisque je l'ai prise bien évidemment seule de toute la cité désobéissant à mes lois, aux yeux de cette cité je ne me démentirai pas : je la ferai périr.

HÉMON

Je ne voudrais pas conseiller d'honorer les méchants.

CRÉON

Cette jeune fille n'est-elle donc pas prise de cette maladie ?

HÉMON

Ce n'est pas l'avis du peuple de Thèbes, de ses concitoyens.

CRÉON

C'est le peuple alors qui me dira ce que je dois faire ?

HÉMON

Vois-tu combien cette parole est d'un tout jeune homme !

CRÉON

Est-ce pour autrui ou pour moi que je dois gouverner ce pays ?

HÉMON

Une cité n'est plus une cité quand elle est la propriété d'un homme seul !

CRÉON

Quoi ! n'est-ce pas à son chef que la cité appartient de droit !

HÉMON

Fort bien ! dans un désert tu pourrais régner seul.

CRÉON

On voit qu'il défend cette femme !

HÉMON

Oui, si tu es une femme toi-même ; car c'est de toi que j'ai souci.

CRÉON

Misérable ! entrer en discussion avec ton père ?

HÉMON

Parce que je te vois commettre une injuste erreur.

CRÉON

Est-ce donc une erreur que défendre mon pouvoir ?

HÉMON

Ce n'est pas le défendre que fouler aux pieds les droits sacrés des dieux.

CRÉON

Ô cœur lâche et esclave d'une femme !

HÉMON

Tu ne me verras pas du moins esclave de l'injustice.

CRÉON

Tu ne parles pourtant que pour cette femme.

HÉMON

Pour toi aussi, et pour moi, et pour les dieux infernaux.

CRÉON

Esclave d'une femme, assez de bavardages importuns !

HÉMON

Tu veux parler ; et parler sans rien entendre.

CRÉON

Cette jeune fille, il n'y a pas de danger que tu l'épouses vivante.

HÉMON

Elle mourra donc ; mais sa mort en causera une autre.

CRÉON

Quoi ! tu entreprends de me menacer ; tu l'oses bien ?

HÉMON

Est-ce te menacer que résister à tes projets insensés ?

CRÉON

Tu regretteras de me faire la leçon, insensé toi-même !

HÉMON

Si tu n'étais pas mon père, je dirais que tu déraisonnes.

CRÉON

Vraiment ! Eh bien ! j'en jure par l'Olympe, sache que tu ne t'applaudiras pas de tes remontrances et de tes insultes. *(À un garde)*. Amène cette femme odieuse pour que sous ses yeux, à l'instant, elle meure en présence de son fiancé.

HÉMON

Non, certes, pas devant moi ! ne le crois pas ; non, elle ne mourra pas en ma présence. Pour toi, tu ne me reverras plus jamais sous tes yeux ; je te laisse donner ta folie en spectacle à tes complices.

LE CHŒUR

Le jeune homme, ô roi, s'en est allé plein de colère et bien subitement. Un cœur à cet âge est dangereux dans son désespoir.

CRÉON

Hé ! qu'il aille, qu'il agisse et tente même l'impossible ! Pour ces deux jeunes filles, il ne les sauvera pas de leur destinée.

LE CHŒUR

Quoi toutes les deux, tu veux les faire périr ?

CRÉON

Non, pas celle qui n'a pas touché au cadavre ; tu as raison.

LE CHŒUR

Et par supplice veux-tu faire périr l'autre ?

CRÉON

Je l'emmènerai en un lieu où ne passe personne : je l'enfermerai vivante dans un antre souterrain, lui laissant seulement assez de nourriture pour éviter le sacrilège. Là, implorant Hadès, le seul dieu qu'elle révère, peut-être obtiendra-t-elle de ne pas mourir. Ou bien, elle saura du moins alors que c'est peine inutile d'honorer les morts.

TROISIÈME STASIMON

LE CHŒUR

Strophe

Redoutable Éros, ta puissance
Est fatale à tout l'univers :
Aux bergers, aux rois, à l'enfance,
À tous tu prépares des fers.
L'homme est trompé par ton sourire ;
D'un de tes traits couverts de fleurs,
Tu frappes soudain... ton délire
Le voue aux chagrins, aux malheurs !

Antistrophe

Car tu nous souffles la colère ;
Ce que la justice défend
Tu le fais commettre, le père
N'est plus respecté par l'enfant.
Fier tyran, puissance suprême,
Ennemi qui nous es si doux,
Tu triomphes de la loi même,
Tu nous perds et tu ris de nous !

Moi-même je pleure, et j'oublie
La loi qu'enfreignait sa folie.
Ô soleil, voile ton flambeau !
Car je vois la jeune Antigone
Ceinte des fleurs que la mort donne,
Conduite vivante au tombeau.

QUATRIÈME ÉPISODE

ANTIGONE

Voyez-moi, habitants de cette ville, ma patrie, marchant mon dernier chemin, et pour la dernière fois regardant cette lumière de Hélios, que jamais plus je ne verrai. Non, puisque Hadès, qui endort tous les mortels, me conduit vivante aux rives de l'Achéron. Et je n'ai pas connu les joies de l'hyménée, personne pour moi n'a chanté le chant de l'hymen, c'est l'Achéron que je vais épouser.

LE CHŒUR

Oui, mais la louange et la gloire
Vont te suivre dans la nuit noire ;
Pour toi plus de joug odieux,
De souffrance et de maladie.
C'est vivante, libre et hardie
Que tu descends aux sombres lieux.

ANTIGONE

Oui, je connais la fin si triste de la Phrygienne, la fille de Tantale. Sur le sommet du Sipyle, tel un lierre qui enserre un arbre, un rocher l'enveloppa ; et là sous les pluies elle se consume de douleurs – on le raconte parmi les hommes, – sous la neige qui toujours la recouvre, elle inonde son sein de ses larmes. Ainsi de moi que le destin va coucher dans ce tombeau.

LE CHŒUR

Ne te plains pas ! tu meurs comme elle ;
Pour toi c'est un sort radieux.
De mortels tu naquis mortelle,
Elle était la fille des dieux.

ANTIGONE

Hélas ! on rit de moi. Dieux de ce pays ! Je ne suis pas partie et tu m'insultes ! quand je suis vivante encore ! Ô ma patrie ! ô citoyens de cette opulente cité ! Ah ! fontaine de Dircé, enceinte sacrée de Thèbes, la ville aux beaux chars ! Quoi qu'il arrive, je vous prends à témoin. Vous voyez comment je n'ai pas un ami qui me pleure, et quelles lois me poussent vers ce tertre, vers ce tombeau, où chose étrange, malheureuse je ne serai ni avec les vivants ni avec les morts.

LE CHŒUR

Honorer les morts est peut-être
Piété ; mais il faut d'abord
Respecter le pouvoir du maître,
Et ta révolte a fait ta mort.

ANTIGONE

Personne ne me pleure, je n'ai plus d'amis, je n'ai pas connu l'hymen ; infortunée, on m'entraîne vers cette route où il me faut entrer. C'en est fait ; ce flambeau sacré, il ne m'est plus permis de le voir. Malheureuse ! et personne n'est là pour verser une larme amie, un regret sur mon malheur.

CRÉON

Ne savez-vous pas, vous, que si les chants et les plaintes étaient un moyen d'échapper à la mort, personne ne cesserait de chanter, ni de gémir ? Emmenez-la et au plus vite : puis, après l'avoir enfermée, selon mes ordres, dans ce tombeau recouvert de terre, qu'on la laisse seule, abandonnée ; et là, à son gré, qu'elle meure, ou que vivante elle rêve dans la tombe au chant de l'hyménée. Quant à nous, nous sommes innocents de ce qui lui arrive, en tout cas elle n'habitera plus avec ceux qui vivent sur la terre.

ANTIGONE

Ce tombeau, cette couche nuptiale, cette fosse creusée dans le roc et qui sera toujours fermée sur moi ! Je vais rejoindre les miens qui sont presque tous chez les morts, que Perséphone a reçus à leur trépas. Moi, la dernière, victime d'un sort encore plus misérable, je descends vers eux avant l'heure qui devait finir mes jours. Mais là du moins, je garde chèrement cette espérance, je trouverai l'amour de mon père, ton affection, ô ma mère, la tienne enfin, Étéocle, mon frère, oui, puisque je vous ai lavés et parés de mes mains, puisque j'ai répandu sur vous les libations.

Et toi, Polynice, j'ai recouvert tes restes de poussière, et voici le prix que j'en reçois. Et pourtant j'ai bien fait de te rendre ces devoirs ; ainsi pensent les gens sensés.

Créon, lui, voit là une faute, une audace criminelle, et maintenant il me saisit, il m'entraîne, il me ravit et l'hymen, et les hymnes qui le chantent, et le cœur d'un époux, et les joies que goûtent les mères. Je me vois abandonnée de mes amis, infortunée, je descends vivante à la demeure des morts.

En quoi donc ai-je blessé la justice des dieux ? À quoi bon dans mon malheur tourner vers eux mes regards ? lequel appeler à mon secours ? on m'accuse d'impiété, moi qui fus toujours pieuse. Eh bien, oui, si les Dieux trouvent bon mon supplice, je porterai, j'y consens, la peine de mon crime. Mais si ce sont mes ennemis qui sont coupables, puissent-ils ne pas souffrir plus de maux qu'ils ne m'en font injustement endurer ?

LE CHŒUR

L'orage gronde encore au cœur de la jeune fille.

CRÉON

Oui, et il pourrait en cuire à ceux qui tardent à l'emmener.

LE CHŒUR

Dieux ! c'est presque la mort que cette parole.

CRÉON

Et n'espérez pas, croyez-moi, que ce soit une menace vaine.

ANTIGONE

Ô Thèbes, ô ma patrie, Dieux, mes ancêtres, on m'entraîne et cette fois sans délai. Voyez, Thébains, moi, la seule princesse de sang royal qui vous reste, quels maux et de quelles mains je souffre pour avoir fait cas de la piété.

QUATRIÈME STASIMON

LE CHŒUR

Strophe 1

Tu n'es pas la première
Qui perdit la lumière
Et la vie à la fois.
Le malheur qui t'éprouve,
Terrible, se retrouve
Chez les dieux et les rois.
Comme toi condamnée,
Danaé fut traînée,
Elle aussi, loin du jour,
Et durement captive,
Se vit enterrer vive
Dans l'airain d'une tour.
Il faut tous nous soumettre,
Car le destin est maître.
Ni la force d'Arès,
Ni l'orage qui gronde,
Ni la nef qui fend l'onde
N'échappe à ses décrets.

Antistrophe 1

Il eut ce qu'on te donne,
Ce fils du roi d'Édone,
Insulteur de l'autel ;
Et Bacchus le fit taire
En l'enfermant sous terre
Dans un rocher cruel.
De toute faute humaine
Découle ainsi la peine,
Il l'apprit en ce lieu.
Sans espoir de clémence
Il vit quelle démence
C'est d'offenser un Dieu.
Car il avait sans crainte
Éteint la flamme sainte,
Troublé dans leurs transports
Les Bacchantes confuses,
Et courroucé les Muses,
Amantes des accords.

Strophe 2 et antistrophe 2

Sur la rive traîtresse
Où l'on voit Salmydesse
En proie à tous les vents,
La marâtre effrénée
Des deux fils de Phinée
Les enterra vivants,
Et leur mère, ô ma fille,
Était de la famille
D'Érechtée ! et ses jeux,
Borée étant son père,
Affrontaient le tonnerre
Sur les monts orageux,
Sur la glace intrépide

Et fière et plus rapide
Qu'un cheval furieux,
Elle allait sans rien craindre :
La Parque sut atteindre
Cette fille des Dieux.

CINQUIÈME ÉPISODE

TIRÉSIAS

Grands de Thèbes, une même route nous amène, moi et cet enfant dont les yeux voient pour moi. Telle est en effet pour l'aveugle la manière de marcher : il lui faut un guide.

CRÉON

Eh bien ! vieux Tirésias, qu'y a-t-il de nouveau ?

TIRÉSIAS

Je vais te l'apprendre ; mais toi obéis au devin.

CRÉON

Je ne me suis jamais, du moins jusqu'ici, écarté de tes conseils.

TIRÉSIAS

Et c'est pourquoi tu gouvernes heureusement cette ville.

CRÉON

Je puis attester que j'ai éprouvé l'utilité de tes avis.

TIRÉSIAS

Sache donc que tu es maintenant encore dans une circonstance critique.

CRÉON

Qu'y a-t-il ? je frissonne à ta parole.

TIRÉSIAS

Tu le sauras ; écoute les présages de ma science. J'étais assis dans le lieu consacré d'où j'observe les oiseaux et où tous se réunissent. J'entends un bruit confus d'oiseaux criant avec une fureur sinistre et barbare. Ils se déchiraient de leurs serres meurtrières ; je le reconnus bien, car le bruit strident de leurs ailes ne permettait pas de se tromper. Aussitôt saisi de crainte, j'interrogeai les entrailles des victimes sur les autels embrasés ; mais de ces sacrifices la flamme ne s'élança pas brillante, et sur la cendre la graisse des victimes fond et se répand ; elle fume et pétille, le fiel se disperse dans l'air en vapeurs ; et, ruisselants de la graisse qui les couvrait, les os demeurent à nu. Voilà ce que j'appris de cet enfant, présages avortés de sacrifices redoutables. Car cet enfant est mon guide, et je le suis pour autrui. Et la ville souffre ces maux par suite de la résolution. Nos autels, tous nos foyers sont pleins des lambeaux que les oiseaux et les chiens ont arrachés au cadavre de l'infortuné fils d'Œdipe. Et désormais les dieux n'acceptent plus nos prières, nos victimes, ni la flamme des sacrifices ; les oiseaux ne font plus entendre de cris favorables ; ils s'abreuvent du sang visqueux d'un cadavre.

Songes-y donc, mon fils ; car tout homme est sujet à l'erreur ; et quand on a failli, c'est être sage, c'est être heureux que de réparer le mal où l'on est tombé et de ne s'y point tenir opiniâtrement. L'opiniâtreté est une marque de sottise. Allons, cède devant la mort et ne frappe pas un cadavre. Quelle gloire à tuer un mort une seconde fois ? Mon amitié pour toi m'inspire ces sages avis ; il est bon d'apprendre son devoir d'un homme sensé et qui nous montre notre intérêt.

CRÉON

Vieillard ! tous, comme des archers qui visent au but, vous lancez vos traits contre moi ; et je ne puis pas même éviter d'être pour vous une matière à prédiction ! Par ceux mêmes de mon sang, je suis depuis longtemps vendu et traité comme une marchandise. Enrichissez-vous, acquérez l'or des Sardes, si vous le voulez, et celui de l'Inde, mais vous ne donnerez pas à Polynice un tombeau ! Non, quand même les aigles de Zeus porteraient jusqu'à son trône les lambeaux déchirés du cadavre, sans trembler même devant cette profanation, non jamais je ne le laisserai ensevelir : je sais trop bien que profaner les dieux n'est pas au pouvoir d'un mortel. Ils tombent d'une chute honteuse, vieillard, même les plus habiles, quand ils débitent avec feinte de honteux discours et pour l'amour de l'or.

TIRÉSIAS

Hélas ! qui donc sait, qui donc médite...

71

CRÉON

Quoi ? voyons le lieu commun que tu vas dire.

TIRÉSIAS

Combien préférable à la fortune est la prudence !

CRÉON

Autant, à mon avis, que la folie est le plus grand des maux.

TIRÉSIAS

Telle est pourtant la maladie qui te tient.

CRÉON

Je ne veux pas relever les injures d'un devin.

TIRÉSIAS

Et n'est-ce pas m'injurier, que traiter mes prédictions d'impostures ?

CRÉON

Mais toute l'engeance des devins est avide d'argent.

TIRÉSIAS

Et la race des tyrans aime les gains honteux.

CRÉON

C'est à tes maîtres, sais-tu bien, que tu parles ainsi !

TIRÉSIAS

Oui, car c'est grâce à moi que tu as sauvé l'État.

CRÉON

Habile devin, oui, tu l'es ; mais l'injustice est ton plaisir.

TIRÉSIAS

Tu me pousseras à dire ce qui devrait rester dans mon cœur.

CRÉON

Dis-le, pourvu que l'avarice ne te fasse pas parler.

TIRÉSIAS

C'est donc là le motif que tu me prêtes ?

CRÉON

Et tu ne m'achèteras pas, sache-le bien.

TIRÉSIAS

Sache donc, toi aussi, que tu ne verras pas s'achever beaucoup de jours avant que ne périsse un de ceux qui sont nés de toi. Tu donneras un mort en échange des morts, parce que tu as précipité une âme vivante aux enfers et l'as indignement enfermée dans la tombe, parce qu'enfin tu retiens ici loin des dieux infernaux, et c'est un sacrilège, un cadavre privé des derniers honneurs. Car tu n'as pas ce droit, ni même les dieux du ciel ; mais c'est toi qui leur fais violence. Aussi les Furies, tôt ou tard vengeresses de l'enfer et des dieux, t'épient et te feront tomber dans de semblables malheurs. Vois donc si c'est l'argent qui me fait parler.

Avant peu, hommes et femmes se lamenteront dans ton palais. Indignées contre nous, elles s'agitent, toutes les villes auxquelles les chiens et les bêtes fauves ou les oiseaux ailés ont pieusement offert les lambeaux du cadavre, portant cette sacrilège odeur au foyer public de la ville. Voilà les traits que, comme un archer, j'ai lancés dans ma colère, puisque tu m'as irrité. Ils blesseront ton cœur et tu n'éviteras pas leur cuisante blessure.

Toi, mon enfant, reconduis-nous à notre demeure ; que cet homme décharge son emportement sur de plus jeunes ; qu'il apprenne à garder plus sagement sa langue et à nourrir dans son esprit des pensées meilleures que les présentes.

LE CHŒUR

Le devin, ô roi, s'est retiré sur de terribles menaces ; et nous savons tous, depuis le temps où cette chevelure blanche a remplacé mes boucles noires, que jamais il n'a fait entendre un mensonge à cette ville.

CRÉON

Je le sais bien aussi et le trouble saisit mon âme. Céder, en effet, est terrible, mais lutter en résistant au malheur est terrible et plus que terrible.

LE CHŒUR

La prudence est nécessaire, fils de Ménécée, ô Créon !

CRÉON

Que faut-il donc faire ? parle, j'obéirai.

LE CHŒUR

Va, tire la jeune fille de sa demeure souterraine, et élève au cadavre un tombeau.

CRÉON

Tel est donc le parti que tu approuves ; et tu me conseilles de céder ?

LE CHŒUR

Et au plus vite, prince ; car la vengeance divine accourt d'un pas rapide et saisit bientôt les coupables.

CRÉON

Hélas ! que j'ai de peine à renoncer à mon projet ; mais il ne faut pas lutter contre la nécessité.

LE CHŒUR

Accomplis donc à l'instant ta résolution ; mais va toi-même et ne t'en remets pas à autrui.

CRÉON

Je pars. Allez tous, esclaves, présents et absents, prenez des haches et courez vers la colline. Et moi, puisque j'ai changé de dessein, moi qui avais enchaîné la jeune fille, eh bien ! j'irai et je la délierai. Je crains bien de reconnaître que le meilleur est de vivre en observant les lois établies.

CINQUIÈME STASIMON

LE CHŒUR

Strophe 1

Bacchus aux mille noms. Thèbes vers toi s'écrie !
Fils de Zeus, souviens-toi que ton sang s'est mêlé
Au sang de Cadmus par ta mère Sémélé ;
Thèbes est aussi ta patrie.
Tu ne laisseras pas, Bacchus, à l'abandon
L'œuvre par ton aïeul glorieux commencée.
Et tu préserveras la ville ensemencée
Des dents du farouche dragon.

Antistrophe 1

Viens à nous, protecteur de la grande Italie !
Soit que tes pas errants t'aient conduit aux forêts
Du mont double où Coryce ouvre son antre frais,
Où rit la source Castalie ;
Soit qu'aux échos des champs où ton nom est loué,
Le Nysa, verdoyant de vignes et de lierres,
S'égaie à voir courir tes bandes familières
Parmi les clameurs d'évohé.

Strophe 2

Car, de la même main, tu guides,
Conducteur des voix de la nuit.
Le chœur des astres d'or, qui suit
Sa route dans les cieux limpides ;
Et, sur la terre comme au ciel bleu,
Les danses folles des Lénées
Et des Thyades effrénées
Et palpitantes de leur Dieu.

Antistrophe 2

Donc en ce péril qui menace
Ta terre natale et ton sang,
Quitte les cimes du Parnasse,
Franchis l'Euripe mugissant,
Et viens, d'une âme apitoyée,
Bacchus sauveur, viens secourir
Ta ville, que tu dois chérir
Comme ta mère foudroyée !

EXODE

LE MESSAGER

Habitants des murs de Cadmos et d'Amphion, il n'est pas d'homme dont je voudrais, tant qu'il vit, vanter ou mépriser la fortune. La fortune ! elle relève tour à tour, elle renverse le mortel heureux, le mortel malheureux, sans se reposer jamais. Ah ! il n'est pas de devin pour dire aux hommes tout ce qui les attend. Voyez Créon : il était, à mes yeux du moins, digne d'envie naguère ; il avait sauvé de ses ennemis la terre de Cadmos ; s'étant emparé du pays, il le gouvernait en maître absolu ; près de lui florissait une noble descendance.

Maintenant tout a disparu. L'homme qui a perdu ce qui faisait ses délices, pour moi, ce n'est plus un homme qui vit, c'est un cadavre vivant. Amassez, si vous voulez, des richesses dans vos demeures ; vivez dans tout le faste de la dignité royale ; à ces biens si la joie manque, de tout cela je ne donnerais pas l'ombre d'une fumée en échange du bonheur.

LE CHŒUR

Quel est ce nouveau malheur de mes rois que tu viens nous apprendre ?

LE MESSAGER

L'un est mort ; et celui qui survit a causé son trépas.

LE CHŒUR

Qui est le meurtrier ? qui a péri ? parle.

LE MESSAGER

Hémon n'est plus, et la main qui a fait couler son sang...

LE CHŒUR

Est-ce la main de son père ? est-ce la sienne ?

LE MESSAGER

Lui-même il s'est frappé, furieux contre son père à cause d'un autre mort.

LE CHŒUR

Ô devin ! comme ta prédiction s'est réalisée.

LE MESSAGER

Puisqu'il en est ainsi, il y a d'autres choses à quoi il faudrait songer.

LE CHŒUR

Et justement je vois s'avancer la malheureuse Eurydice, l'épouse de Créon. Elle sort du palais. Aurait-elle entendu prononcer le nom de son fils, ou bien est-ce un hasard ?

EURYDICE

Ô vous tous, habitants de cette ville, j'ai entendu votre entretien, en sortant pour aller prier la déesse Pallas. Je laissais tomber le verrou qui ferme cette porte, quand le bruit d'un malheur domestique a frappé mon oreille et je tombai renversée dans les bras de mes femmes, éperdue, évanouie. – Mais quels que soient vos récits, redites-les moi ; j'ai assez connu le malheur pour les entendre.

LE MESSAGER

Chère maîtresse, témoin des faits, je vais les dire, sans rien omettre de ce qui est vrai. Aussi bien à quoi bon tromper ta douleur, pour ensuite être convaincu de mensonge ? Il est bien de dire toujours la vérité.

J'accompagnai ton époux jusqu'au plateau où gisait encore, impitoyablement traité, déchiré par les chiens, le cadavre de Polynice. Là, après avoir supplié la déesse des carrefours et Pluton de faire taire, bienveillants, leur colère, nous avons purifié ce cadavre par les ablutions saintes et brûlé ce qui en restait sur des branches fraîchement coupées ; puis, après avoir élevé en forme de tombeau un tertre avec de la terre de sa patrie, sans retard nous nous sommes dirigés vers la caverne, vers cette chambre d'hyménée où Pluton attendait la jeune fille.

Voici que, de loin, un de nous entend une voix, des gémissements partant de cette tombe privée des honneurs funèbres. Il vient l'annoncer à Créon notre maître. Créon s'avance et, à mesure qu'il approche, des voix plaintives arrivent confuses à ses oreilles. Il gémit, et poussant un cri déchirant : « Malheureux, aurais-je deviné ? Est-ce que mes pas me conduisent par le plus fatal chemin au suprême malheur ? C'est mon fils ! c'est sa voix qui m'émeut. Vous tous, allez, courez, et, arrivés à cette tombe, regardez après avoir renversé la pierre qui la ferme, regardez par cette ouverture si c'est bien Hémon que j'entends ou si c'est quelque dieu qui me trompe. »

Sur l'ordre de notre maître, éperdus nous regardons. – Au fond de la caverne, Antigone était suspendue, le cou serré par un lacet formé avec le tissu de ses vêtements, et Hémon défaillant la pressait dans ses bras, maudissant la perte de son épouse précipitée aux enfers, et la cruauté de son père, et son hymen malheureux.

Créon, à cette vue, gémit amèrement ; il pénètre jusqu'à son fils, il l'appelle, il le pleure : « Malheureux ! qu'as-tu fait ? que veux-tu ? quelle folie t'entraîne à ta perte ? dors mon fils, je t'en prie, je t'en conjure ! » Mais Hémon, d'un œil farouche, égaré, regarde son père, lui crache au visage, et sans répondre tire son épée. Son père fuit et échappe à ses coups. Alors le malheureux, tournant sa rage contre lui-même, se penche sur cette épée qu'il s'enfonce en pleine poitrine, puis, encore maître de ses sens, il serre Antigone entre ses bras languissants, il expire et le sang qu'il rejette avec son dernier souffle rougit la joue pâle de la jeune fille. Et il gît, cadavre auprès d'un cadavre, et c'est dans la demeure de Pluton que s'achève la cérémonie de l'hymen, et il apprend aux hommes que l'imprudence est le plus grand des maux.

LE CHŒUR

Que penser de cela ? La reine a disparu sans prononcer un mot ni favorable ni funeste.

LE MESSAGER

Moi aussi j'en suis étonné ; mais j'aime à espérer qu'instruite de la mort de son fils elle a jugé indigne d'elle de se lamenter en public. Elle rentre sous son toit inviter ses femmes à pleurer son malheur domestique.

LE CHŒUR

Je ne sais ; mais, à mon avis, un silence excessif présage quelque malheur, comme aussi des cris violents et exagérés.

LE MESSAGER

Nous saurons bien si quelque secret dessein se cache dans son cœur ulcéré ; entrons dans le palais. Car tu dis vrai : un trop profond silence est parfois redoutable.

LE CHŒUR

Voici Créon tenant dans ses bras son malheur.
Et l'on peut dire aussi son malheur et son crime.
Le meurtrier lui-même apporte la victime,
Qu'il s'en prenne à lui seul de sa propre douleur !

CRÉON

Ah ! cœur insensé ; obstination funeste, homicide !
Hélas ! vous voyez dans la même famille des meurtriers

et des victimes ! Ah ! sentence désastreuse ! Ô mon fils, si jeune encore, à la fleur de l'âge, hélas ! hélas ! tu es mort, et les liens de ta vie ce n'est pas toi, c'est ma folie qui les a brisés.

LE CHŒUR

Tu reconnais trop tard les dieux et leur justice.

CRÉON

Hélas ! je l'ai connue trop tard ! mais alors, dans ce moment d'erreur, un dieu courbait ma tête sous sa pesante main ; il m'a poussé dans une voie cruelle, foulant aux pieds mon bonheur renversé. Malheur ! malheur ! ô travaux insensés des mortels !

LE SECOND MESSAGER

Ô mon maître, on dirait que l'infortune est ton patrimoine ; déjà tu tiens dans tes mains une part de tes maux, et maintenant dans le palais tu vas en y entrant trouver de nouveaux malheurs.

CRÉON

Eh quoi ? y a-t-il d'autres maux plus affreux encore ?

LE SECOND MESSAGER

Ton épouse est morte ; la mère de ce mort, infortunée, vient de périr d'un coup mortel.

CRÉON

Hélas ! hélas ! insatiable demeure d'Hadès, pourquoi donc, pourquoi consommer ma ruine ? Ô messager de douleurs, toi qui m'annonces ces maux, quelle parole as-tu proférée ? Hélas ! tu achèves un homme déjà mort. Que dis-tu, esclave ? Quelle nouvelle m'apportes-tu ? Hélas ! hélas ! après cette première mort la mort de ma femme vient-elle m'accabler ?

LE SECOND MESSAGER

Regarde : la voilà ! elle n'est plus dans l'intérieur du palais.

CRÉON

Hélas ! oui, je vois mon nouveau malheur. Infortuné ! Quel destin m'est encore réservé ? Je tiens là dans mes bras le cadavre de mon fils, infortuné, et j'aperçois devant mes yeux cet autre cadavre. Hélas ! hélas ! malheureuse mère ! hélas ! ô mon fils !

LE SECOND MESSAGER

Elle s'est frappée d'un glaive acéré, et près de l'autel elle a fermé ses paupières obscurcies, après avoir pleuré le glorieux sort de Mégarée mort autrefois, puis le trépas de celui-ci ; enfin elle t'a chargé d'imprécations, toi, le meurtrier de son fils.

CRÉON

Ah ! ah ! je suis glacé d'horreur. Que ne me perce-t-on le cœur d'une épée acérée ! Malheureux, ah ! je suis plongé dans d'affreux malheurs !

LE SECOND MESSAGER

Elle t'accusait en mourant d'être l'auteur de ce double trépas.

CRÉON

Et comment s'est-elle donné la mort ?

LE SECOND MESSAGER

Elle s'est elle-même frappée au cœur, quand elle a su le destin lamentable de son fils.

CRÉON

Malheur à moi ! aucun mortel ne portera à ma place la responsabilité de ces crimes. Car c'est moi, oui, c'est moi, qui l'ai tuée, misérable ! c'est moi, je l'avoue ! Allons, amis, emmenez-moi au plus vite, emmenez-moi loin d'ici. Je ne compte plus désormais.

LE CHŒUR

Ce que tu demandes est un bien, s'il y a quelque bien dans le malheur. Les maux présents sont les plus supportables puisqu'ils sont les plus courts.

CRÉON

Qu'elle vienne ! qu'elle vienne ! qu'elle paraisse, cette mort, la dernière que j'aurai donnée, qu'elle amène pour moi le dernier jour et le meilleur ! qu'elle vienne, ah ! qu'elle vienne ! et que désormais je ne voie plus la lumière !

LE CHŒUR

Ne songe en ce moment qu'au présent qui t'accable.
Laisse aux mains qui le font l'avenir incertain.

CRÉON

Tous mes plus chers désirs je viens de les résumer
en un seul.

LE CHŒUR

À quoi bon les souhaits ? Innocent ou coupable,
Quel mortel a jamais agi sur le destin ?

CRÉON

Emmenez donc loin d'ici un insensé, qui malgré lui,
ô mon fils ! t'a fait périr, et toi aussi, toi chère épouse.
Ah ! malheureux, je ne sais où tourner les yeux. Car
tout m'échappe, tout ce que je possédais, et sur ma tête
est venu fondre un intolérable destin.

LE CHŒUR

Le plus haut bien pour l'homme est la vertu sereine ;
Qui méconnaît ses lois appelle les malheurs.
L'audacieux mortel que son orgueil entraîne
À braver dans les dieux leur force souveraine,
S'il prétend l'ignorer, l'apprendra par les pleurs.

ANNEXES

LA LIGNÉE TRAGIQUE DES LABDACIDES

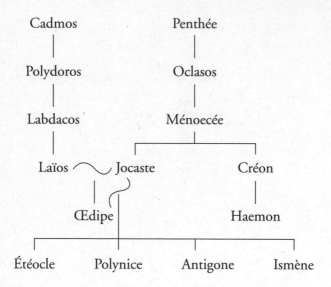

BIOGRAPHIE DE SOPHOCLE

Sophocle (496-406 avant J.-C.) est né dans une famille aisée, à Colone. Hormis son implication en tant que poète tragique, il prend une part active dans la vie politique d'Athènes, au moment où la civilisation grecque vit son apogée.

En 443, il devient l'un des administrateurs du trésor de la ville. Puis, il participe à des expéditions militaires, devient par deux fois stratège, c'est-à-dire haut-commissaire de l'armée, dont une fois lors de la campagne contre Samos en 440. En 412, alors que la démocratie est menacée, il participe à la création d'un comité de salut public. Il fréquente tous les grands hommes de son temps, notamment l'homme d'État Périclès. Ce souci civique apparaît également dans son théâtre, et notamment dans *Antigone*, qui oppose raison d'État et principes divins.

Parallèlement, il mène une brillante et prolifique carrière en tant que dramaturge. Sur les cent vingt pièces environ qu'on lui attribue, soixante-douze ont été récompensées. Alors qu'Eschyle (v. 525-456 avant J.-C.) « invente » la tragédie, qu'Euripide (480-406 avant J.-C.) la développe, Sophocle la perfectionne en inventant notamment le troisième acteur. Sur son imposante production littéraire, seules sept tragédies complètes nous sont parvenues : *les Trachiniennes*, *Antigone*, *Ajax*, *Œdipe roi*, *Électre*, *Philoctète* et *Œdipe à Colone*.

CHRONOLOGIE SOMMAIRE

	VIE POLITIQUE	VIE CULTURELLE
561	Tyrannie de Pisistrate	
534		Instauration du concours des grandes Dionysies
525		Naissance d'Eschyle
496		Naissance de Sophocle
490	Première guerre médique : Darius conduit son armée dans la plaine de Marathon (Attique). Athènes parvient à repousser les Perses. C'est la « victoire de Marathon ».	
484		Première victoire d'Eschyle aux Dionysies
480	Deuxième guerre médique : le fils de Darius, x^erxès, entre en Grèce pour venger son père. Une armée de trois cents Spartiates retarde la prise d'Athènes, qui est incendiée par les Perses. Mais la flotte perse est finalement détruite par Athènes. C'est la « victoire de Salamine ».	Naissance d'Euripide
478-477	Constitution de la ligue de Délos : alliance que formèrent les cités grecques pour lutter contre les Perses.	
468		Première victoire de Sophocle aux Dionysies

462	Réformes démocratiques d'Ephialte et de son adjoint Périclès : Ephialte, chef du parti démocratique athénien, prive l'Aréopage, conseil d'archontes (aristocrates), d'une partie de son pouvoir politique.	
456		Mort d'Eschyle
438	Achèvement du Parthénon, temple dédié à Athéna.	
431	Début de la guerre du Péloponnèse entre Athènes et Sparte. Jusqu'en -404, Sparte et Athènes s'opposent.	
429	Une épidémie de peste affaiblit l'armée athénienne. Mort de Périclès	
421	Paix de Nicias entre Athènes et Sparte : trêve dans la guerre du Péloponnèse, qui devait durer cinquante ans mais ne constitua qu'un bref intermède.	
415	Départ de l'expédition de Sicile contre Syracuse, qui se termine en -413 par un dénouement désastreux pour Athènes	
411	Révolution oligarchique des Quatre-Cents : un coup d'État met au pouvoir le Conseil des Quatre-Cents, conseil oligarchique d'Athènes. Celui-ci marque la fin de la démocratie	
406	Victoire d'Athènes aux îles Arginuses : les Athéniens remportent une victoire navale sur les Spartiates	Mort d'Euripide, Mort de Sophocle
404	Capitulation d'Athènes devant Sparte. La ville doit livrer sa flotte et raser ses fortifications. C'est la fin de l'empire athénien.	

BIBLIOGRAPHIE

Les tragiques grecs

Eschyle, Sophocle, Euripide, *Théâtre complet*, trad. V-H. Debidour, Livre de Poche, 1999.

Sophocle, *Tragédies* – théâtre complet : *Les Trachiniennes,÷ Antigone, Ajax, Œdipe roi, Électre, Philoctète, Œdipe à Colonne*, trad. P. Mazon, Société d'éd. « Les Belles Lettres », Le Livre de Poche, 1962 ; rééd. Revue par J. Irigoin, 1995.

Antigone et ses réécritures

Anouilh (J.), *Antigone*, Table Ronde, 1946.

Brecht (B.), *Antigone*, Traduit de l'allemand par Maurice Regnaut, L'Arche, 2000.

Bauchau (H.), *Antigone*, Actes Sud, 1997.

Cocteau (J.), *Antigone* (1922), Gallimard, 1948.

Ouvrages sur la tragédie antique

Baldry (H.-C.), *Le Théâtre tragique des Grecs*, Maspero, 1975.

Biet (C.), *La Tragédie*, Paris, Armand Colin, Cursus, 1997 (ouvrage de synthèse, qui parcourt l'histoire de la tragédie de ses origines jusqu'au XVIIIe siècle. Ce livre destiné aux étudiants est à la fois concis, pédagogique et rigoureux. Il fait le point sur de nombreuses notions et sur des auteurs. Il comprend également une chronologie, une bibliographie ainsi qu'un index.).

Demont (P.), Lebeau (A.), *Introduction au théâtre grec antique*, Le Livre de Poche, 1996 (histoire du développement du théâtre, origines politiques et relieuses, liens entre tragédie et comédie, postérité du théâtre antique, résumé détaillée des pièces conservées)

Loraux (N.), *La Voix endeuillée, Essai sur la tragédie grecque*, Paris, Gallimard, 1999.

Meier (C.), *De la Tragédie grecque comme art politique*, trad. par M. Carlier, Ed. Les Belles Lettres, 1991 (Cet ouvrage se présente comme un essai d'anthropologie politique).

Ricœur (P.), *Soi-même comme un autre*, coll. Points Essais, Ed. du Seuil, 1990 (ouvrage philosophique sur l'éthique, notamment le rapport à l'autre et à soi-même, comportant un chapitre sur *Antigone*, où P. Ricœur développe l'idée d'un conflit opposant les lois écrites et les lois non écrites, la religion et la politique).

Romilly (J. de), *L'Évolution du pathétique d'Eschyle à Euripide*, Paris, 1961 (J. de Romilly retrace l'évolution du genre à travers la « psychologisation » des personnages, manipulés par le destin chez Eschyle, volontés indépendantes et libres chez Euripide)

Romilly (J. de), *La Tragédie grecque*, Paris, PUF, 1970 (Un utile ouvrage de synthèse).

Saïd (S.), *La Faute tragique*, Maspero, 1978.

Théâtre grec et tragédie, Revue *Métis*, vol. III, 1-2, 1988. (Introduction de N. Loraux, sur la question « théâtre grec : tragique ? ». L'ouvrage comporte une bibliographie détaillée sur Eschyle, Sophocle et Euripide, ainsi que sur les ouvrages concernant la tragédie grecque).

Vernant (J.-P.) et Vidal-Naquet (P.), *Mythe et tragédie en Grèce ancienne*, F. Maspero, 1972 ; rééd. La Découverte, 2001. (Ce recueil d'articles retrace l'évolution du genre tragique, en le rattachant notamment à l'histoire d'Athènes et de ses institutions politiques au ve siècle).

692

Composition PCA – 44400 Rezé
Achevé d'imprimer en Italie par ⚜ Grafica Veneta SpA
en septembre 2015 pour le compte de E.J.L.
87, quai Panhard - et - Levassor, 75013 Paris
EAN 9782290346853
1er dépôt légal dans la collection : juin 2005

Diffusion France et étranger : Flammarion